L'histoire de *ma famille* racontée...

mercileslivres

Sommaire

Carte d'identité

Nom : ....

Prénom : ....

Date de naissance : ....

Lieu de naissance : ....

Profession : ....

Adresse : ....

....

....

Collez ici
une photo

Arbre familial

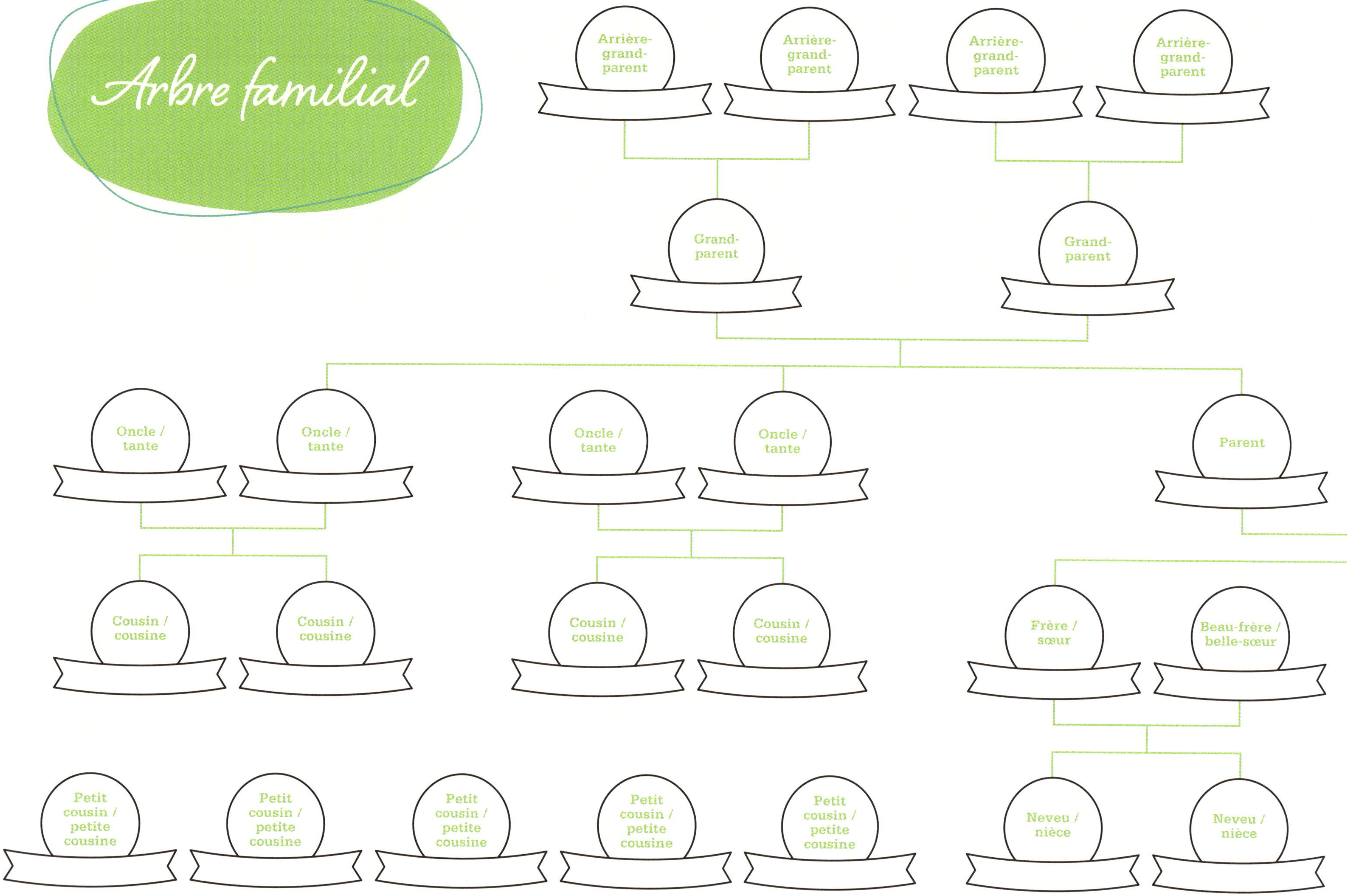

Arrière-grand-parent
Arrière-grand-parent
Arrière-grand-parent
Arrière-grand-parent
Grand-parent
Grand-parent
Parent
Oncle / tante
Oncle / tante
Oncle / tante
Oncle / tante
Vous
Conjoint(e)
Cousin / cousine
Cousin / cousine
Cousin / cousine
Cousin / cousine
Enfant
Enfant
Petit cousin / petite cousine
Petit cousin / petite cousine
Petit cousin / petite cousine
Petit cousin / petite cousine
Petit cousin / petite cousine

Mes parents

Nom : ....

Prénom : ....

Date de naissance : ....

Lieu de naissance : ....

Profession : ....

Signe astrologique : ....

Couleur préférée : ....

Devise ou expression fétiche : ....

....

....

....

Nos points communs

Est-ce que je lui ressemble ?

Sa principale qualité :

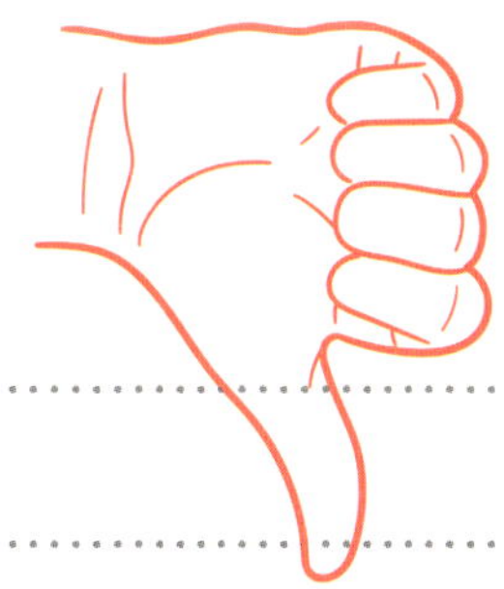

Son principal défaut :

Mes parents

Nom : ....

Prénom : ....

Date de naissance : ....

Lieu de naissance : ....

Profession : ....

Signe astrologique : ....

Couleur préférée : ....

Devise ou expression fétiche : ....

....

....

....

Collez ici une photo

Nos points communs

Est-ce que je lui ressemble ?

Sa principale qualité :

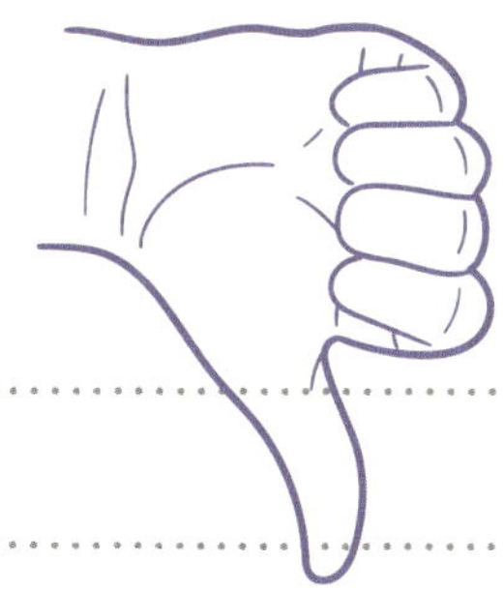

Son principal défaut :

Mes parents

L'histoire de leur couple

Photo de leur mariage,
ou de leur rencontre

Comment se sont-ils rencontrés ?

Leur premier logement ensemble

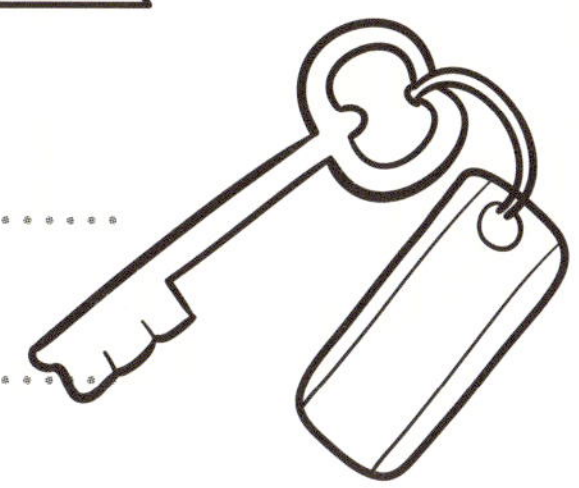

Adresse : ....

....

....

Ville : ....

....

Photo

Mes parents jeunes

Mes frères et sœurs

Nom : ....

Prénom : ....

Date de naissance : ....

Lieu de naissance : ....

Profession : ....

Nos ressemblances :

....

....

Nos ressemblances :

....

....

Nom : ....

Prénom : ....

Date de naissance : ....

Lieu de naissance : ....

Profession : ....

Nom : ....

Prénom : ....

Date de naissance : ....

Lieu de naissance : ....

Profession : ....

Nos ressemblances :

....

....

Nos ressemblances :

....

....

Nom : ....

Prénom : ....

Date de naissance : ....

Lieu de naissance : ....

Profession : ....

Mes frères et sœurs

Les lieux où nous avons grandi

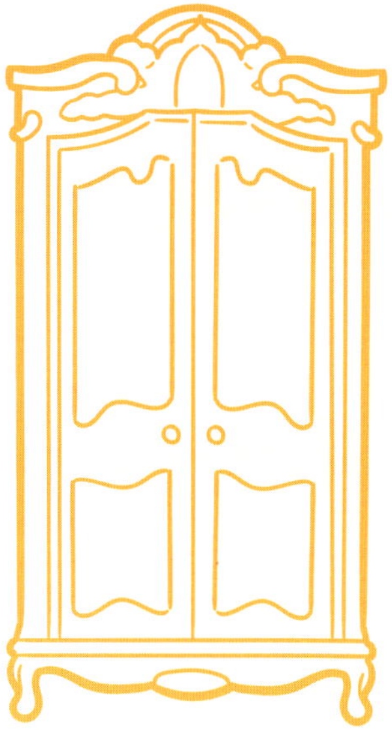

Mes frères et sœurs

Les lieux de nos vacances

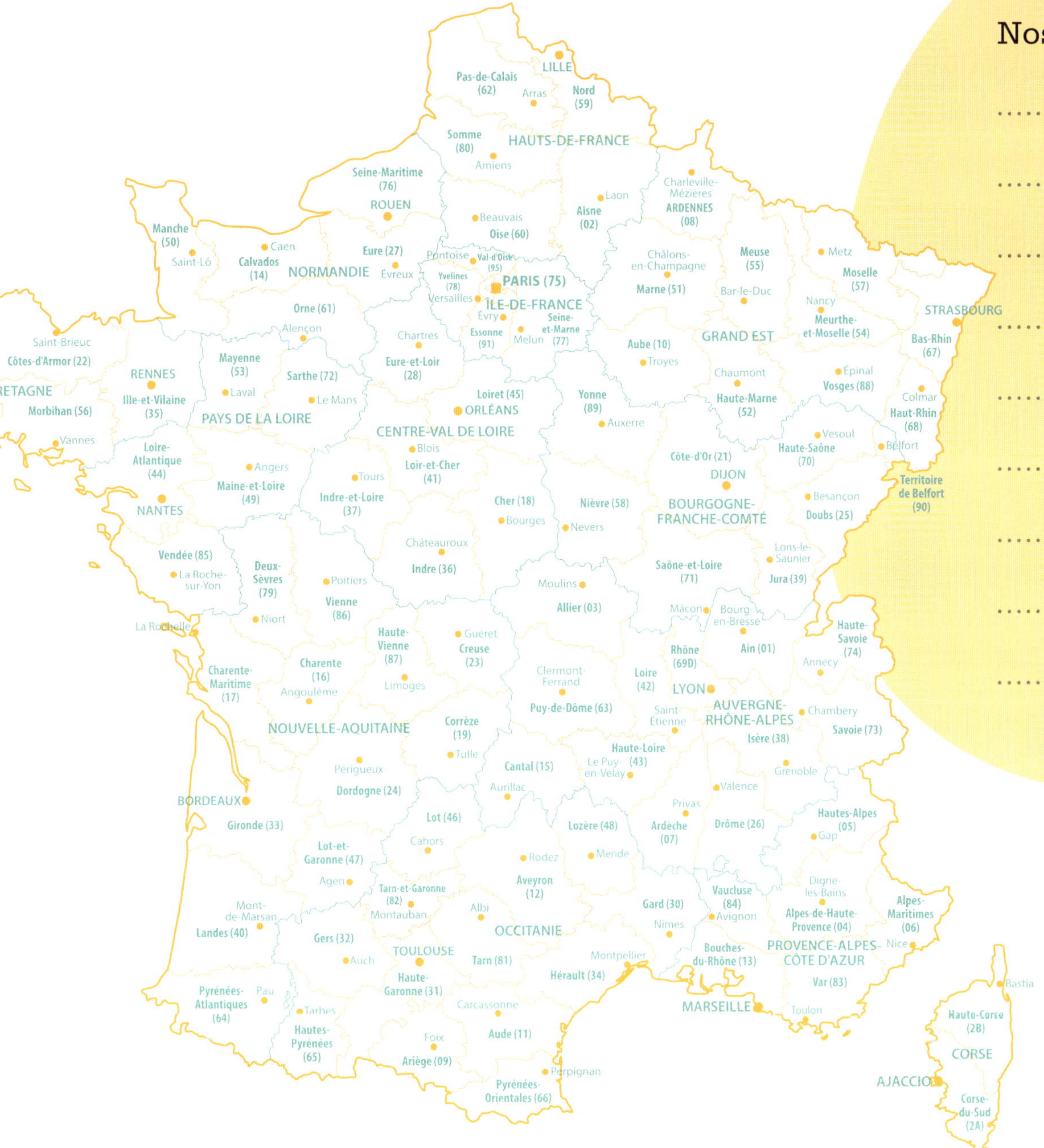

Nos meilleures anecdotes

....

....

....

....

....

....

....

....

....

Mes neveux et nièces

Parents : ....

Nom : ....

Prénom : ....

Date de naissance : ....

Lieu de naissance : ....

Profession : ....

Parents : ....

Nom : ....

Prénom : ....

Date de naissance : ....

Lieu de naissance : ....

Profession : ....

Parents : ....

Nom : ....

Prénom : ....

Date de naissance : ....

Lieu de naissance : ....

Profession : ....

Parents : ....

Nom : ....

Prénom : ....

Date de naissance : ....

Lieu de naissance : ....

Profession : ....

Parents : ....

Nom : ....

Prénom : ....

Date de naissance : ....

Lieu de naissance : ....

Profession : ....

Parents : ....

Nom : ....

Prénom : ....

Date de naissance : ....

Lieu de naissance : ....

Profession : ....

Mes neveux et nièces

Leur naissance

Nom : ....

Prénom : ....

Date de naissance : ....

Parents : ....

Surnom : ....

Nom : ....

Prénom : ....

Date de naissance : ....

Parents : ....

Surnom : ....

Nom : ....

Prénom : ....

Date de naissance : ....

Parents : ....

Surnom : ....

Nom : ....

Prénom : ....

Date de naissance : ....

Parents : ....

Surnom : ....

Nom : ....

Prénom : ....

Date de naissance : ....

Parents : ....

Surnom : ....

Nom : ....

Prénom : ....

Date de naissance : ....

Parents : ....

Surnom : ....

Mes neveux et nièces

Leurs anniversaires

Mes grands-parents

Nom : ....

Prénom : ....

Date de naissance : ....

Lieu de naissance : ....

Profession : ....

Collez ici une photo

Nos points communs

Est-ce que je lui ressemble ?

....

....

....

Sa principale qualité :

....

Son principal défaut :

....

Nom : ....

Prénom : ....

Date de naissance : ....

Lieu de naissance : ....

Profession : ....

Collez ici une photo

Nos points communs

Est-ce que je lui ressemble ?

....

....

....

Sa principale qualité :

....

Son principal défaut :

....

Mes grands-parents

Leur histoire

Photo de leur mariage

Leur rencontre

....
....
....
....
....
....
....
....
....

Mes grands-parents jeunes

Quelques anecdotes

Mes grands-parents

Leur vie de famille

Petites anecdotes sur leurs enfants

Mes grands-parents

Nom : ....

Prénom : ....

Date de naissance : ....

Lieu de naissance : ....

Profession : ....

Nos points communs

Est-ce que je lui ressemble ?

....

....

....

Sa principale qualité :

....

Son principal défaut :

....

Nom : ....

Prénom : ....

Date de naissance : ....

Lieu de naissance : ....

Profession : ....

Collez ici une photo

Nos points communs

Est-ce que je lui ressemble ?

....

....

....

Sa principale qualité :

....

Son principal défaut :

....

Mes grands-parents

Leur histoire

Photo de leur mariage

Leur rencontre

....

....

....

....

....

....

....

....

....

Mes grands-parents jeunes

Quelques anecdotes

Mes grands-parents

Leur vie de famille

Petites anecdotes sur leurs enfants

Mes oncles et tantes

Nom : ....

Prénom : ....

Date de naissance : ....

Lieu de naissance : ....

Profession : ....

Nom : ....

Prénom : ....

Date de naissance : ....

Lieu de naissance : ....

Profession : ....

Nom : ....

Prénom : ....

Date de naissance : ....

Lieu de naissance : ....

Profession : ....

Nom : ....

Prénom : ....

Date de naissance : ....

Lieu de naissance : ....

Profession : ....

Nom : ....

Prénom : ....

Date de naissance : ....

Lieu de naissance : ....

Profession : ....

Nom : ....

Prénom : ....

Date de naissance : ....

Lieu de naissance : ....

Profession : ....

Mes oncles et tantes

Nos meilleurs moments

Mes oncles et tantes

Nom : ....

Prénom : ....

Date de naissance : ....

Lieu de naissance : ....

Profession : ....

Nom : ....

Prénom : ....

Date de naissance : ....

Lieu de naissance : ....

Profession : ....

Nom : ....

Prénom : ....

Date de naissance : ....

Lieu de naissance : ....

Profession : ....

Nom : ....

Prénom : ....

Date de naissance : ....

Lieu de naissance : ....

Profession : ....

Nom : ....

Prénom : ....

Date de naissance : ....

Lieu de naissance : ....

Profession : ....

Nom : ....

Prénom : ....

Date de naissance : ....

Lieu de naissance : ....

Profession : ....

Mes oncles et tantes

Nos meilleurs moments

Mes cousins et cousines

Nom : ....

Prénom : ....

Date de naissance : ....

Lieu de naissance : ....

Profession : ....

Nom : ....

Prénom : ....

Date de naissance : ....

Lieu de naissance : ....

Profession : ....

Nom : ....

Prénom : ....

Date de naissance : ....

Lieu de naissance : ....

Profession : ....

Nom : ....

Prénom : ....

Date de naissance : ....

Lieu de naissance : ....

Profession : ....

Nom : ....

Prénom : ....

Date de naissance : ....

Lieu de naissance : ....

Profession : ....

Nom : ....

Prénom : ....

Date de naissance : ....

Lieu de naissance : ....

Profession : ....

Mes cousins et cousines

Nos surnoms :

Notre meilleur fou rire :

Notre soirée préférée :

....

....

....

....

Nos bêtises en vacances :

....

....

....

....

....

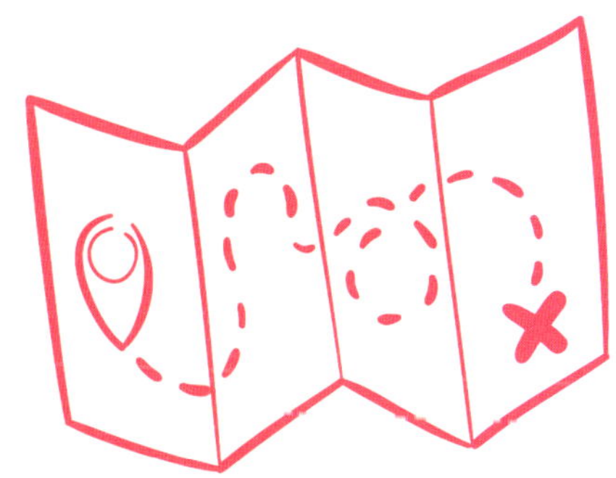

Mes cousins et cousines

Nom : ....

Prénom : ....

Date de naissance : ....

Lieu de naissance : ....

Profession : ....

Nom : ....

Prénom : ....

Date de naissance : ....

Lieu de naissance : ....

Profession : ....

Nom : ....

Prénom : ....

Date de naissance : ....

Lieu de naissance : ....

Profession : ....

Nom : ....

Prénom : ....

Date de naissance : ....

Lieu de naissance : ....

Profession : ....

Nom : ....

Prénom : ....

Date de naissance : ....

Lieu de naissance : ....

Profession : ....

Nom : ....

Prénom : ....

Date de naissance : ....

Lieu de naissance : ....

Profession : ....

Mes cousins et cousines

Nos surnoms :

....

....

....

....

....

....

....

Notre meilleur fou rire :

....

....

....

....

....

....

....

....

....

....

....

Notre soirée préférée :

Nos bêtises en vacances :

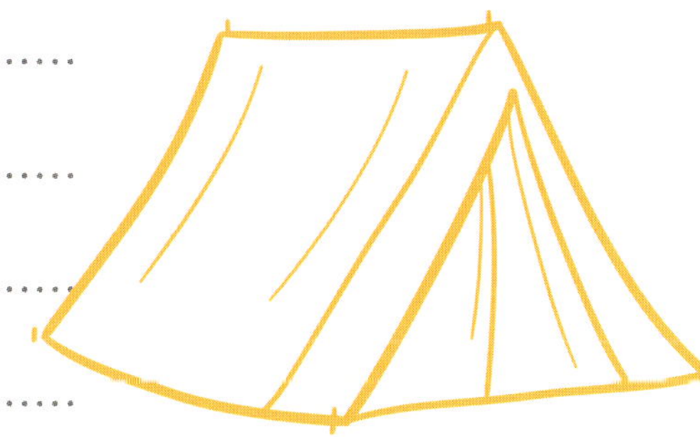

Mes cousins et cousines

Nos meilleurs souvenirs

Mes cousins et cousines

Nos meilleurs souvenirs

Mes arrières-grands-parents

Nom : ....

Prénom : ....

Date de naissance : ....

Lieu de naissance : ....

Profession : ....

Nom : ....

Prénom : ....

Date de naissance : ....

Lieu de naissance : ....

Profession : ....

Un souvenir les concernant :

....

....

....

....

....

Nom : ....

Prénom : ....

Date de naissance : ....

Lieu de naissance : ....

Profession : ....

Un souvenir les concernant :

....

....

....

....

....

Nom : ....

Prénom : ....

Date de naissance : ....

Lieu de naissance : ....

Profession : ....

Mes arrières-grands-parents

Nom : ....

Prénom : ....

Date de naissance : ....

Lieu de naissance : ....

Profession : ....

Nom : ....

Prénom : ....

Date de naissance : ....

Lieu de naissance : ....

Profession : ....

Un souvenir les concernant :

....

....

....

....

....

....

Un souvenir les concernant :

Nom :

Prénom :

Date de naissance :

Lieu de naissance :

Profession :

Nom :

Prénom :

Date de naissance :

Lieu de naissance :

Profession :

Mes arrières-grands-parents

À cette époque

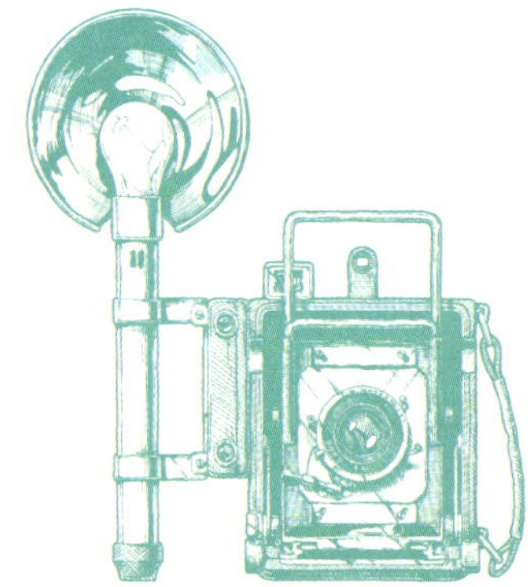

Quelques photographies

On vivait à :

....

....

On peut dire que la famille était :

....

....

....

....

....

....

....

On vivait à :

....

....

On peut dire que la famille était :

....

....

....

....

....

....

....

Quelques photographies

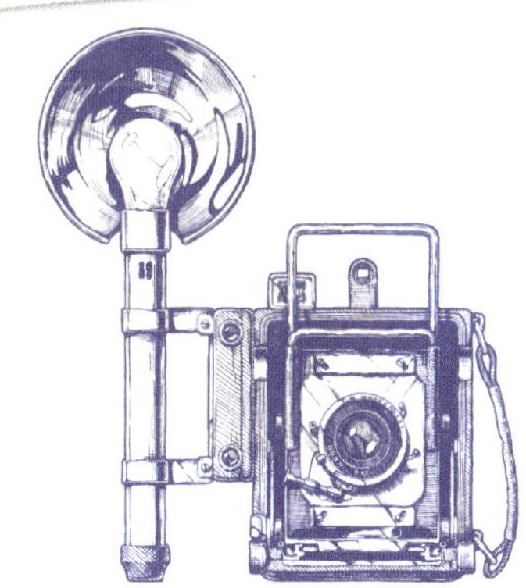

Mes arrières-grands-parents

À cette époque

On vivait à :

....

....

On peut dire que la famille était :

....

....

....

....

....

....

Quelques photographies

On vivait à :

On peut dire que la famille était :

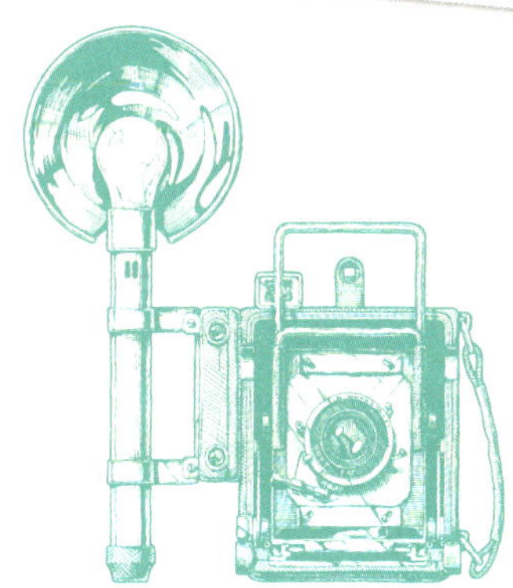

Quelques photographies

Les frères et sœurs des grands-parents

Nom : ....

Prénom : ....

Anecdote de jeunesse : ....

....

....

....

....

....

Nom : ....

Prénom : ....

Anecdote de jeunesse : ....

....

....

....

....

....

Nom : ....

Prénom : ....

Anecdote de jeunesse : ....

....

....

....

....

....

....

Nom : ....

Prénom : ....

Anecdote de jeunesse : ....

....

....

....

....

....

Nom : ....

Prénom : ....

Anecdote de jeunesse :

....

....

....

....

....

Les frères et sœurs des grands-parents

Nom : ....

Prénom : ....

Anecdote de jeunesse : ....

....

....

....

....

....

Nom : ....

Prénom : ....

Anecdote de jeunesse : ....

....

....

....

....

....

Nom : ....

Prénom : ....

Anecdote de jeunesse : ....

....

....

....

....

....

Nom : ....

Prénom : ....

Anecdote de jeunesse : ....

....

....

....

....

....

Nom : ....

Prénom : ....

Anecdote de jeunesse :

....

....

....

....

....

Les frères et sœurs des grands-parents

Nom : ....

Prénom : ....

Anecdote de jeunesse : ....

....

....

....

....

....

Nom : ....

Prénom : ....

Anecdote de jeunesse : ....

....

....

....

....

....

Nom : ....

Prénom : ....

Anecdote de jeunesse : ....

....

....

....

....

....

....

Nom : ....

Prénom : ....

Anecdote de jeunesse : ....

....

....

....

....

....

Nom : ....

Prénom : ....

Anecdote de jeunesse : ......

....

....

....

....

....

Les frères et sœurs des grands-parents

Nom : ....

Prénom : ....

Anecdote de jeunesse : ....

....

....

....

....

....

Nom : ....

Prénom : ....

Anecdote de jeunesse : ....

....

....

....

....

....

Nom : ....

Prénom : ....

Anecdote de jeunesse : ....

....

....

....

....

....

....

Nom : ....

Prénom : ....

Anecdote de jeunesse : ....

....

....

....

....

....

Nom : ....

Prénom : ....

Anecdote de jeunesse :

....

....

....

....

....

Mes illustres aïeux

Et si je remontais plus loin…

Les origines de ma famille :

....

....

....

....

....

....

....

....

....

Les métiers de ma famille :

....

....

....

....

....

....

....

....

....

Les traditions de ma famille :

Mon ancêtre le plus illustre :

La famille qu'on se construit

Ma moitié

Notre rencontre :

Sommes-nous…

- ◯ Mariés
- ◯ Pacsés
- ◯ En concubinage

Collez ici
une photo

Nom : ....

Prénom : ....

Date de naissance : ....

Lieu de naissance : ....

Profession : ....

Son petit surnom :

....

....

....

Pourquoi je l'aime ?

Ses qualités : ....

....

....

....

Ses défauts : ....

....

....

....

La famille qu'on se construit

Nos enfants

Nom : ……………………………………………

Prénom : ……………………………………

Date de naissance : ……………………

Lieu de naissance : ……………………

À qui ressemble-t-il le plus :

……………………………………………………

Nom : ……………………………………………

Prénom : ……………………………………

Date de naissance : ……………………

Lieu de naissance : ……………………

À qui ressemble-t-il le plus :

……………………………………………………

Nom : ....

Prénom : ....

Date de naissance : ....

Lieu de naissance : ....

À qui ressemble-t-il le plus :

....

Nom : ....

Prénom : ....

Date de naissance : ....

Lieu de naissance : ....

À qui ressemble-t-il le plus :

....

Nom : ....

Prénom : ....

Date de naissance : ....

Lieu de naissance : ....

À qui ressemble-t-il le plus :

....

La famille qu'on se construit

Nos enfants

Nos meilleurs souvenirs

....

....

....

....

....

....

....

....

La famille qu'on se construit

Mes amis d'enfance

Nom : ....

Prénom : ....

Date de naissance : ....

Où nous nous sommes rencontrés :

....

Pourquoi je l'adore :

....

Nos meilleures bêtises ensemble :

....

Nom : ....

Prénom : ....

Date de naissance : ....

Où nous nous sommes rencontrés :

....

Pourquoi je l'adore :

....

Nos meilleures bêtises ensemble :

....

Nom : ....

Prénom : ....

Date de naissance : ....

Où nous nous sommes rencontrés :

....

Pourquoi je l'adore :

....

Nos meilleures bêtises ensemble :

....

Nom : ....

Prénom : ....

Date de naissance : ....

Où nous nous sommes rencontrés :

....

Pourquoi je l'adore :

....

Nos meilleures bêtises ensemble :

....

Nom : ....

Prénom : ....

Date de naissance : ....

Où nous nous sommes rencontrés :

....

Pourquoi je l'adore :

....

Nos meilleures bêtises ensemble :

....

Nom : ....

Prénom : ....

Date de naissance : ....

Où nous nous sommes rencontrés :

....

Pourquoi je l'adore :

....

Nos meilleures bêtises ensemble :

....

Les animaux

Je les adore !

Mon animal préféré :

....

....

....

Mon premier animal de compagnie :

....

....

....

Collez ici
une photo

La liste de mes animaux de compagnie depuis que je suis enfant :

....

....

....

....

....

....

....

....

....

....

....

....

Quelques photographies

Qui de nous ?

Qui de nous
est le plus drôle ?

Qui de nous est le plus
susceptible de raconter
un secret ?

Qui de nous a fait
le plus de bêtises ?

Qui de nous
est le plus maniaque ?

Qui de nous est le plus colérique ?

Qui de nous est le plus peureux ?

Qui de nous adore le plus les animaux ?

Qui de nous a toujours des idées cadeaux nulles ?

MIXTE
Papier | Pour une gestion forestière responsable
FSC® C014138

5, rue Saint-Germain-l'Auxerrois - 75001 Paris
www.mercileslivres.com
Directeur de publication : Didier Ballot
Directrice éditoriale : Marie Roussos
Responsable éditoriale : Séverine Pedan
Éditeurs : Thaïs Blocus, Kelian Fageon
Création graphique et mise en pages : marguerite.coop
Crédits photographiques : © Shutterstock
Suivi de fabrication : Mazarine Networks
ISBN : 978-2-38355-331-1
Dépôt légal : mars 2023
Achevé d'imprimer en février 2023 en République tchèque par Mazarine Networks